CIVIELLO

LA GRAINE DE FOLIE

2. LE GRAND ORNEMENT

DELCOURT

À tous ceux qui de loin, très loin ou très près m'ont soutenu :
Pti Claude, « Crom », « Président », Moumoune et Razelle ! Et à certains mercredis.
Merci.

Man.

Dans la même série :
Tome 1 : Igguk
Tome 2 : Le Grand Ornement
Tome 3 : La Morrydwen
Le Grand Ornement - édition luxe
La Morrydwen - édition luxe

Du même auteur, chez le même éditeur :
• Korrigans (un volume) - scénario de Mosdi

Dépôt légal : juin 1998. I.S.B.N. : 2-84055-202-7

Lettrage : Jean-Marc Mayer
Conception graphique : Trait pour Trait

Achevé d'imprimer en juillet 2002
sur les presses de l'imprimerie Lesaffre, à Tournai, Belgique.
Relié par Ouest Reliure à Rennes.

www.editions-delcourt.fr

KRRR
3

KRIIIII
KKKRIIIIIIIIIIIIII
KRRK
KRAK
KKRAK
?
KRR
HÉ LÀ!.. C'EST PAS FINI LÀ-DESSOUS!.. LE SOL VA VOMIR DES EMMERR...
JE... JE CROIS QUE C'EST GROS!...
KRAAAAAC
MILLE LUTINS!
4

IGGUK!... DERRIÈRE TOI!...
PAK!
POK!
Y'A UNE GROSSE RACINE...
MON LIVRE!

AAAAAAAA
HÉ?!!
OOOOH!
BÔAAE
...Y'VA Y'EN AVOIR PART...
FAITES-MOI REDESCENDRE ... JE SENS QUE ÇA REMONTE...
HOULÂÂÂ... JE CROIS QUE JE VAIS VOM...
6

IGGUK... TOUT VA BIEN?
RHÂÂÂÂ... CH'UIS BRISÉ... J'AI DU VOMI PLEIN LES POULAINES... À PART ÇA, TOUT BAIGNE!...
BON!... EUH... PAS DE PANIQUE! BOUGE PAS, JE VAIS TE SORTIR DE LÀ!... MAIS ARRÊTE DE GESTICULER!... TU VAS TOM...
DZOÏNG
AA...
SCHBÂF
...BER!
...IGGUK... Y A PAS TROP DE CASSE LÀ-HAUT?
M...FOUIII...
DÉPÊCHE-TOI DE DESCENDRE... TU RISQUES PLUS RIEN À PRÉSENT...
...ME DÉPÊFHER!... ME DÉPÊFHER!... FOUS EN AFEZ DE BONNES!...
Y'A PAS L'FF...FEU?!
GG... GLOUP!
QU... QU... QU'EST QUE F'EST FA?!
LA REINE!!
QUOI? LA REINE! MAIS ELLE EST MONSTRUEUSE!
C'EST PAS VRAIMENT ELLE, C'EST SON TERTRE! SON TOMBEAU SI TU PRÉFÈRES...
7

S'IL S'AGIT DU TERTRE DE LA REINE, POURQUOI AVOIR CHOISI CETTE FORME GROTESQUE ?... ET POURQUOI AVOIR TOUT DÉTRUIT ?
LA REINE A PUISÉ SES DERNIÈRES FORCES POUR POUVOIR SE MATÉRIALISER UNE TOUTE DERNIÈRE FOIS... SON SACRIFICE N'A PAS ÉTÉ VAIN, CAR À PRÉSENT NOUS POUVONS NOUS PRÉSENTER DEVANT ELLE !...
VOILÀ BIEN LA MAGIE DES FÉES. PLEINE D'EXUBÉRANCE ET DE VANITÉ !...
PEUH !
JE NE ME PERMETTRAIS AUCUN JUGEMENT... TOUTEFOIS, SI L'ON DOIT MESURER L'IMPORTANCE DES CHOSES EN FONCTION DE L'ORGUEIL QUI VOUS CARACTÉRISE, JE NE LA TROUVE PAS SI GRANDE, MOI !...
À PRÉSENT, HÂTONS-NOUS ! ARRANGE-TOI UN PEU ET PRÉSENTONS-NOUS... TU NE VOUDRAIS PAS T'ANNONCER DEVANT LA REINE DANS CET ÉTAT ?...
... REINE OU PAS, J'AIMERAIS QU'ON M'EXPLIQUE TOUT CECI, CAR C'EST UN SACRÉ GÂCHIS !...
MHFFF... C'EST VRAI QUE TU SENS PAS TRÈS BON !
8.

...SÛREMENT L'AIR DANS LES RAMURES ...MAIS N'EN PROFITE PAS POUR TE RINCER L'OEIL! COMPRIS? MMHM...
NAN! HOUMPF!... J'AI RIEN ENTEN...DU!
¡IGGUK...
?
¡IGGUK...
...ÉCOUTEZ!... VOUS N'AVEZ RIEN EN-TENDU? J'AI CRU ENTENDRE MON NOM!...
¡IGGUK...
OUI! LÀ, EN EFFET, J'AI CLAIREMENT ENTENDU TON NOM...
MM...MOI?... VOUS ÊTES SÛRE? POUR-QUOI MOI?
HÉ?
JE VOLE!
UNE FORCE ÉTRANGE NOUS ATTIRE VERS LE CENTRE DU MOTIF! ¡IGGUK! L'ARBRE...IL...

Ô Igguk !...
Qu'appartient-il au rêve et à la magie ?
Que reste-t-il de la splendeur de Faërie ?
Cet instant sourd est mille fois plus cruel que l'a été la perte de notre âge d'or...
Bientôt je rejoindrai mes mères... Et sans notre coeur Faërie disparaîtra à tout jamais...
J'ai bien peur, hélas, de ne pouvoir enfanter mon successeur !...
Mes larmes sont vaines car elles empoisonnent l'arbre de vie !...
Je suis impuissante à arrêter la germination de ces racines monstrueuses !...
Car cet arbre qui devait accueillir ma dernière enveloppe, collecteur des âmes fées, refuge des êtres de lumière, n'est plus qu'un pays baigné de noire lumière...
Ce n'est plus la pureté qui est distillée au travers de mes racines, mais une liqueur d'amertume !...
Le Mag Mell !
La terre des fées mille fois empoisonnée est prisonnière d'une toile de limon impure !...
À présent, je suis ce lieu !...
Que dois-tu penser de ta reine ?!... Moi qui n'ai su tenir compte des enseignements du passé...
Moi, Escarlmonde, Essence de chaque être fée, je n'ai su entrevoir le jeu diabolique du destin !
D'ores et déjà, dans la mémoire universelle, nous ne sommes plus que personnages fantasques, et nos actes de belles légendes !...
La perte de la magie, quant à elle, restera une immuable vérité !...

Nous aurions dû savoir que le pacte serait néfaste !... Ce dieu unique nous a affaiblis, nous abaissant à nous nourrir du peu de joie humaine...
Faërie s'est fragilisée et ses frontières sont devenues palpables...
Sans protection, le monde de l'ombre a réussi à nous englober, rendant aisée l'introduction de leur serviteur...
C'est ainsi qu'un jour, bien avant la grande conjonction, les rêves du roi, gardien du coeur de cristal, se teintèrent d'une horrible vision !
De ses entrailles ensanglantées jaillit le coeur de notre terre !...
Notre essence, notre vie anéantie...
Allons-nous périr ? Oubliés de tous ?...
Qui sait, le folklore nous gardera peut-être une place ?!...
L'amour des temps héroïques de la magie a bel et bien disparu !...
Les hommes jugent trop ardu de côtoyer le mystère !...
Ce dieu qui efface leurs erreurs par de simples confessions !...
Ils se forgent le dieu de leurs désirs !...
Tant que l'homme nous considérait comme magiques et généreux, nous l'étions !
Depuis, l'oubli s'est insinué en eux, ils ont cessé de croire !...
Nos deux mondes se sont alors séparés !...
Le grand équilibre vacille !
Les forces primaires subissent de profondes mutations...
Ainsi, la lumière, la joie et l'amour sont devenus l'apanage des fous !...
Il est aisé d'imaginer le futur de l'humanité !...
Les démons qui nous assaillent se nourrissent des craintes et des malheurs des hommes !...
Il est trop évident que ce que l'on ne peut comprendre, on le jalouse et qu'on veuille le détruire !...
11

À présent, écoute ceci...
Aux origines des temps
les géants issus des dieux
voulurent se venger
de leur père, le géant
Belgelmir...
En punition, les dieux les firent
rétrécir et, en même temps que
leur taille diminuait, d'horribles
déformations leur furent
infligées !...
Ainsi naquirent les nains !...
Sans doute par compassion
ou par pitié, Ymir, le plus
vaillant des géants, leur
offrit des pouvoirs magiques...
Les nains, en leurs
demeures souterraines,
devinrent d'habiles orfèvres,
forgerons expérimentés
et experts en sciences magiques...
Alors, dans les forges et les
brasiers incandescents de la terre,
les nains-forgerons se mirent
à l'ouvrage...
En associant leurs dons artistiques
à la magie, ils forgèrent une
multitude d'objets
dotés de pouvoirs, certains
incommensurables !...
Mais très vite vint la crainte,
car une telle source d'énergie
ne pouvait qu'attirer les
convoitises !...
Ainsi fut-il décidé dans le
plus grand secret
d'enfouir ces richesses...
Ni dieux ni géants
ne surent l'endroit exact
de la cachette...
En ces temps-là, dieux et démons
se côtoyaient, ce qui apparaissait
pour les nains-forgerons comme
une menace...
Si je te raconte cela,
c'est qu'il existe dans
ce trésor un objet
particulièrement convoité :
Un oracle !...
Sa voix, dit-on, porte dans
le sillage du temps...
De son savoir omniscient,
le temps est un livre
ouvert !
Il te faut le trouver
pour connaître les desseins
de l'usurpateur !...

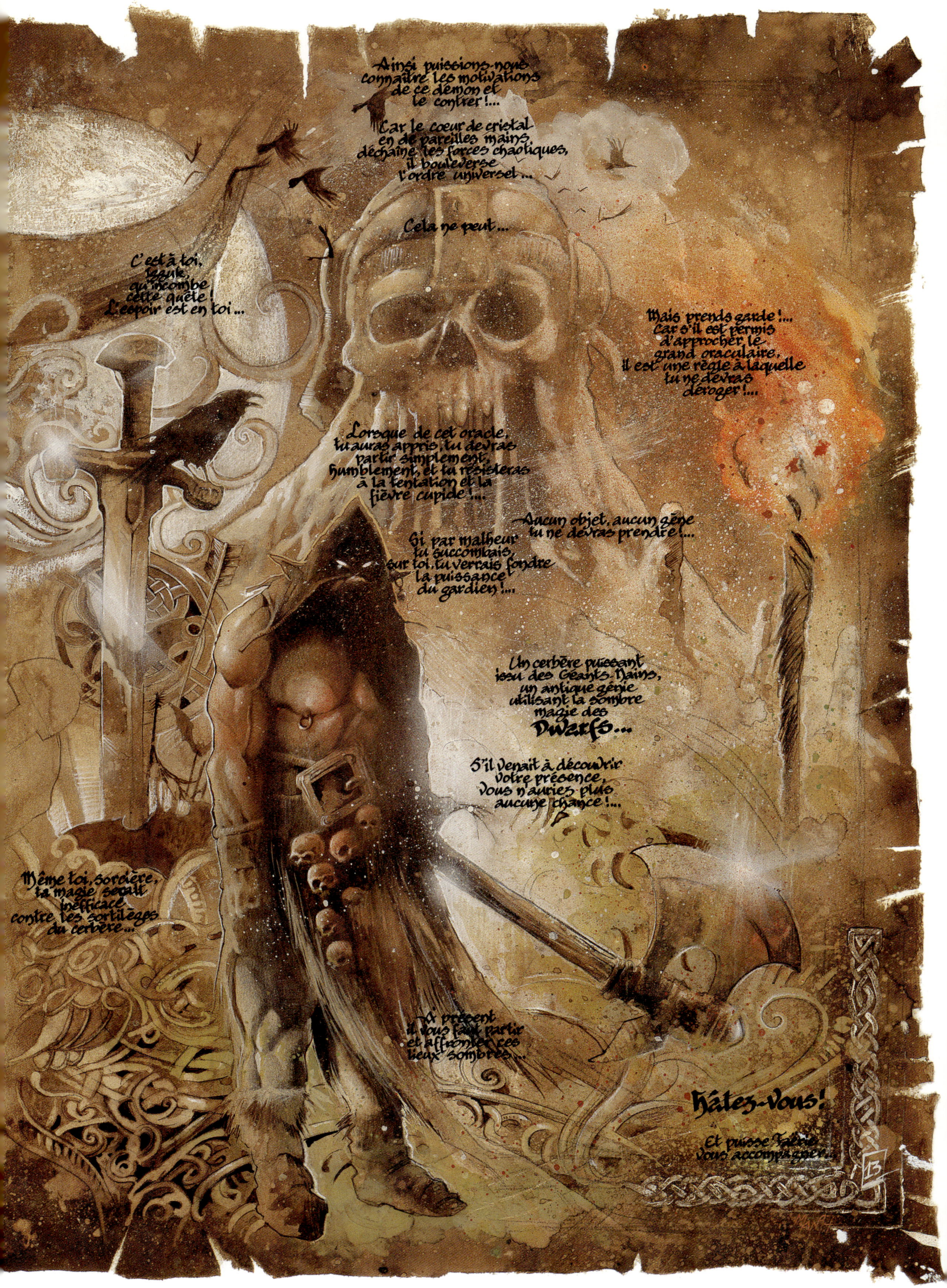
Ainsi puissions-nous connaître les motivations de ce démon et le contrer !...
Car le coeur de cristal en de pareilles mains, déchaîne les forces chaotiques, il bouleverse l'ordre universel...
Cela ne peut...
C'est à toi, Issuk, qu'incombe cette quête ! L'espoir est en toi...
Mais prends garde !... Car s'il est permis d'approcher le grand oraculaire, il est une règle à laquelle tu ne devras déroger !...
Lorsque de cet oracle, tu auras appris, tu devras partir simplement, humblement, et tu résisteras à la tentation et la fièvre cupide !...
Aucun objet, aucun gène tu ne devras prendre !...
Si par malheur tu succombais, sur toi, tu verrais fondre la puissance du gardien !...
Un cerbère puissant issu des Géants-Nains, un antique génie utilisant la sombre magie des DWARFS...
S'il venait à découvrir votre présence, vous n'auriez plus aucune chance !...
Même toi, sorcière, ta magie serait inefficace contre les sortilèges du cerbère...
A présent il vous faut partir et affronter ces lieux sombres...
Hâtez-vous !
Et puisse Faërie vous accompagner...

AÏE!!
C'EST PAS VRAI ÇA!... MAIS FAIS-DONC UN PEU ATTENTION, CERVELLE DE MOINEAU!!
IGGUK?!
M'MOUI?
RETIRE TOUT DE SUITE TA MAIN DE LÀ, SINON J'T'ÉCRABOUILLE!...
PAF!
CELLE-LÀ, TU L'AS PAS VOLÉE!... RECOMMENCES, ET Y T'EN CUIRA!
BON!... AH!... JE CROIS QUE C'EST LÀ!
ALLEZ IGGUK...
...IL FAUT JUSTE... HAN!...
POUS... SSER!...
BRHEEUU... QU'EST-CE QU'IL SE PASSE?
VOILÀ QU'IL NEIGE!
14

NOUS AVONS ÉTÉ PROJETÉS DANS UN AUTRE MONDE !... LA REINE SE SERT DU GRAND ARBRE COMME CATALYSEUR DIMENSIONNEL !...
C'EST CE QU'IL ME SEMBLAIT ! CETTE FORÊT EST ÉTRANGE ! ET LE FAIT DE NE PAS LA CONNAÎTRE NE M'INSPIRE PAS !
¡CI LA MORT RÈGNE EN MAÎTRE, SANS PARTAGE ! SANS DOUTE EST-CE LA MATÉRIALISATION DU DÉSESPOIR DE LA REINE ?!...
VOULEZ-VOUS DIRE QUE TOUT CECI N'EST QU'ILLUSION ?... C'EST DU DÉLIRE ?!
ELLE AURAIT PU PENSER À QUELQUE CHOSE DE PLUS GAI !...
CH'AIS PAS MOI... TIENS ! UNE PETITE CHAUMIÈRE BOURRÉE DE GNÔMESSES ALLÉCHANTES !
NOM D'UN PUSTULE ! ¡GGUK, TU ES POURRI DE LUXURE ...
COMMENT PEUX-TU PENSER À DE TELLES CHOSES ? DANS CE LIEU SE TROUVE VOTRE PATRIMOINE...
QUEL PATRIMOINE ?!
LA MÉMOIRE DES FÉES ! VOTRE MÉMOIRE !
¡GGUK !
... MAIS ... C'EST MOI LA MÉMOIRE DE FAÉRIE !...
LÀ !... VOICI CE QUE NOUS CHERCHONS ...
15

LE DOMAINE DE LA CONNAISSANCE !
UN CRÂNE ?!
RAPPELLE-TOI CE QU'A DIT LA REINE : AFIN DE PROTÉGER LEUR TRÉSOR, LES ROIS-NAINS DÉCIDÈRENT DE L'ENFOUIR EN UN LIEU SECRET...
COMME TU LE SAIS, LES NAINS SONT ISSUS DES GÉANTS DES ORIGINES : LES NAINS-FORGERONS !
LES CACHETTES SONT SOUVENT LES ENDROITS LES PLUS ANODINS, TELLEMENT ÉVIDENTS QUE PERSONNE NE SONGE À Y REGARDER !...
16

AAAHH! J'AI PEUR...
iiiiiiiii
ALLONS, NIGAUD, CE NE SONT PAS QUELQUES CHAUVE-SOURIS QUI VONT TE FAIRE PEUR...
...D'AUTANT QUE SI TU CONTINUES À BRAILLER À CHAQUE PETITE BESTIOLE QUI PASSE DANS LE COIN, T'AS PAS FINI...
JE TIENS À MES OREILLES!... SANS COMPTER QUE TU RISQUES DE NOUS FAIRE REPÉRER!...
...L'ENDROIT ME GLACE LE SANG! UN CRÂNE DE GÉANT!... C'EST MORBIDE!...
TU SAIS, IL Y A BELLE LURETTE QU'IL EST TRÉPASSÉ! ET C'EST PAS D'UN CRÂNE QUE TU DOIS TREMBLER!...
LE... LE CERBÈRE? VOUS... VOUS CROYEZ QU'IL NOUS A ENTENDUS?...
PAR LA CARCASSE PUANTE D'UN TROLL! TU AURAIS DÛ Y PENSER AVANT DE BEUGLER COMME ÇA...
iiiAAAAAAAAA
C'EST PAS MOI CETTE FOIS, MADAME...
VIITE! QUELQU'UN EST EN DANGER...

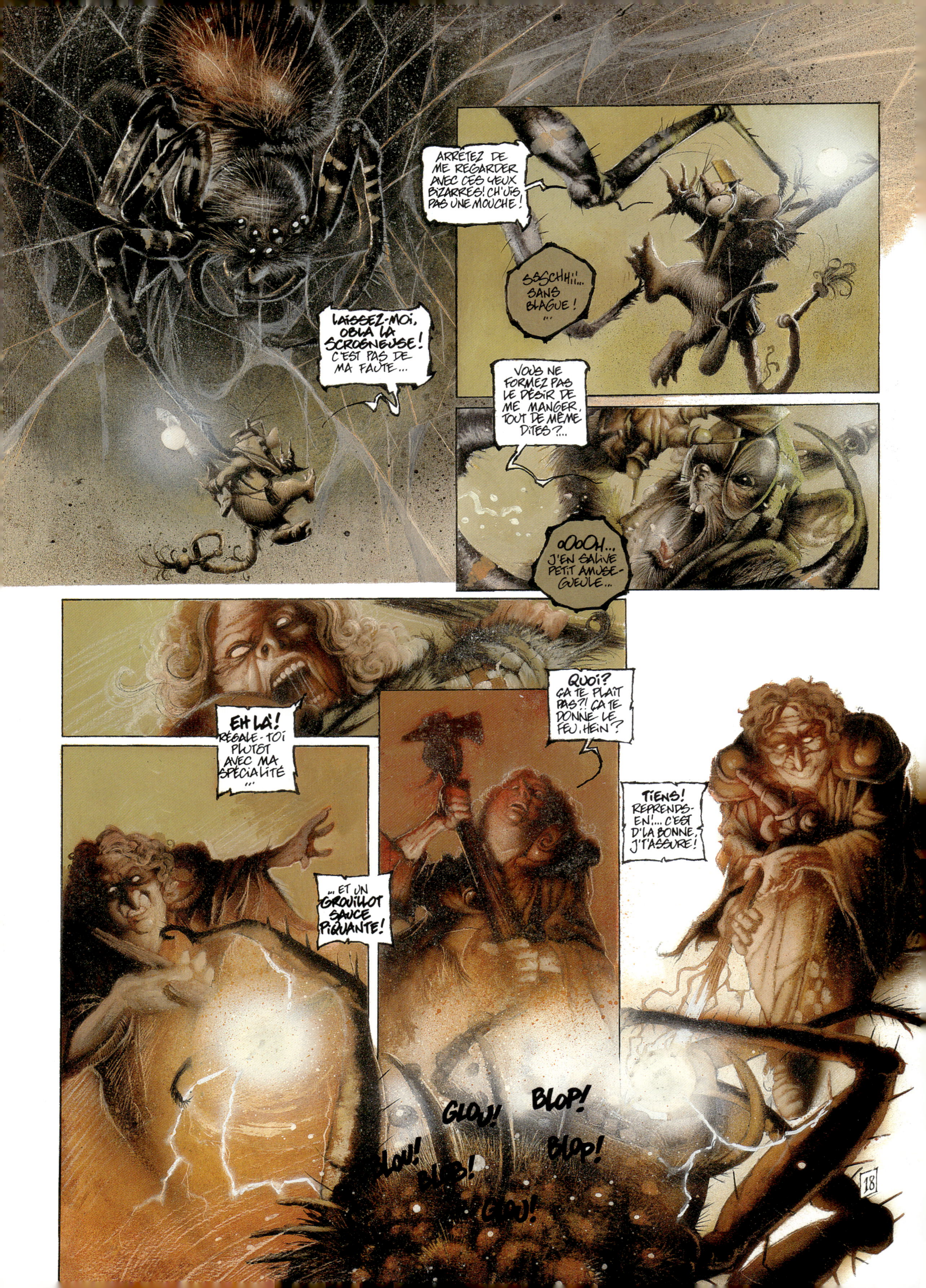
LAISSEZ-MOI, OBLA LA SCROGNEUSE! C'EST PAS DE MA FAUTE...
ARRÊTEZ DE ME REGARDER AVEC CES YEUX BIZARRES! CH'UIS PAS UNE MOUCHE!
SSSCHH!!... SANS BLAGUE! ...
VOUS NE FORMEZ PAS LE DÉSIR DE ME MANGER, TOUT DE MÊME, DITES?...
OOOOH... J'EN SALIVE PETIT AMUSE-GUEULE...
EH LÀ! RÉGALE-TOI PLUTÔT AVEC MA SPÉCIALITÉ...
... ET UN GROUILLOT SAUCE PIQUANTE!
QUOI? ÇA TE PLAIT PAS?! ÇA TE DONNE LE FEU, HEIN?
TIENS! REPRENDS-EN!... C'EST D'LA BONNE, J'T'ASSURE!
GLOU! BLOP!
BLOP!
GLOU!
GLOU!

KAÏ BLÔA KAÏ BLÔA KAÏ BLÔA KAÏ BL...
EH LÀ! TE DÉBINE PAS COMME ÇA...
BURP!
T'AS PAS FINI TON REPAS... RIEN DE TEL POUR LA DIGESTION QU'UN BON POUSS-POUSS...
TIENS!
SCHPROUICHHH
BONNE DIGESTION MA GROSSE ...
... EN ENFER!
WHAOUW.. LA VACHE!
JE HAIS LES ARAIGNÉES ...
HAHEM!...
NOM D'UNE QUEUE DE BLAIREAU!
19

VOUS AVEZ FAILLI ME FAIRE OCCIRE! ...JAMAIS ON NE TROUBLE LE REPOS DE CETTE IMPÉTUEUSE ARACHNIDE!...
MAIS LÂCHEZ-MOI!
QUOIQUE POUR MAINTENANT, ELLE AURA TOUT LE TEMPS DE SE REPOSER CETTE GROSSE POILUE!... MMH!... N'EMPÊCHE, JE NE PUIS VOUS PARDONNER AINSI!
ARRGLL... Y'R... Y'RIGOLE OU QUOI?!... ON VIENT DE LUI SAUVER LA VIE! ... AÏE!
BOULETTES ET CROTTES DE LAPIN!...
SI VOUS N'AVIEZ PAS FAIT TANT DE RAFFUT, LA BÊTE AURAIT EU PITIÉ DE MOÂÂ!...
COMBLE DE TOUT! J'AI PERDU MES YEUX!!
SES YEUX?!
OUI! MES YEUX!!
MES YEUX POUR VOIR MIEUX!...
TENEZ!
MES YEUX!... GENTE DAME, JE VOUS DOIS LE SALUT!...
DITES, VOUS POURRIEZ ME LÂCHER LA BARBE, MAINTENANT?...
VOILÀ QUI EST MIEUX...
BZZZ?
AH! MES AMIS!...
LAISSEZ-MOI ME PRÉSENTER: OPYIMUS GALIMÈDE! LAS, L'USAGE M'A AFFUBLÉ DU SOBRIQUET DE O'G!
PAR CONTRE VOUS, IL NE ME SEMBLE PAS VOUS AVOIR INSCRIT SUR MES TABLETTES QUE, JE SACHE!...
CAR CECI EST MON ROYAUME!
SON ROYAUME ?!?
NÔÔN! C'EST PAS LUI LE... WHA HAF HAF ...C'EST PAS LE GARDIEN ÇA?
VOUS VOUS GAUSSEZ! DANS CE CAS, MESSIRE, AYEZ L'AMABILITÉ DE ME DIRE DE QUI VOUS PARLEZ!
20

B'HEIN, ALLONS, DU GARDIEN QUOI ! DU CERBÈRE DE CE SORDIDE ENDROIT !!
¡¡¡¡¡¡¡¡¡! MALHEUREUX !!!
HMPFF...
NE RÉPÉTEZ JAMAIS CE MOT ICI, INCONSCIENT ! J'AI OUÏE DIRE DE LUI DE SOMBRES CHOSES : SA SEULE VUE HÉRISSE LE POIL ET SA HACHE EST À ELLE SEULE UNE TERREUR REDOUTABLE !
SUIVEZ-MOI SI VOUS NE VOULEZ PAS RESSEMBLER À DES CHICHES-KEBABS !
ICI, LES MURS SONT TRUFFÉS D'OREILLES ...
BIEN ! NOUS N'AVONS PAUMÉ PERSONNE ! NOM D'UN RAT, QUELLE COURSE...
SI VOUS VOULEZ BIEN VOUS DONNER LA PEINE D'ENTRER...
21

ODYMUS...
CHHOUFFF
TOUT CE LUXE...
TOUS CES OBJETS...
ILS PROVIENNENT BIEN DE LA SALLE... N'EST-CE PAS?
...DONC VOUS SAVEZ COMMENT S'Y RENDRE ET PAR LA-MÊME, NOUS Y CONDUIRE...
PRFFFFF
...HHMMFF... TSSS... TSSS ...VOUS CONDUIRE...
EH BIEN... ACCEPTERIEZ-VOUS D'ÊTRE NOTRE GUIDE, ODYMUS?...
HÉLAS!... TROIS FOIS HÉLAS ... JE NE PUIS... CAR J'AI PRÊTÉ SERMENT!...
CELA EST REGRETTABLE! IL EST CRUCIAL QUE NOUS Y ALLIONS...
GENTE DAME, COMPRENEZ, J'AI JURÉ PAR UN FAIT DE MON SANG QUE PAS LA PLUS PETITE GRIFFE DE MON PLUS PETIT ORTEIL NE FOULERAIT DÉSORMAIS CE SOL!... DUSSÉ-JE EN MOURIR!
BILLEVESÉES! ODYMUS GALIMÈDE! A MOINS QUE VOUS NE POSSÉDIEZ DES GRIFFES ATTEINTES DE SOMNAMBULISMES! LES OBJETS VOUS TRAHISSENT!...
EUH... AHEM... IL EST VRAI QUE JE ME SURPRENDS A Y MUSARDER ET A Y EMPRUNTER QUELQUES MENUS OBJETS...
TIENS DONC! CE SERMENT SI CHER N'A PLUS LIEU D'ÊTRE...
ET SACHEZ QUE NOUS NE PARTIRONS PAS SANS CE QUI NOUS AMÈNE ICI!...
WHAOUW!... CH'UIS TOMBÉ SUR DEUX HÉROS!...
J'EN SUIS COI D'ADMIRATION! PFF! GÉ-NI-AL!
JE PENSE QUE JE N'AI GUÈRE LE CHOIX! J'EN SUBODORE LA RÉPONSE! N'EST-IL PAS?
...SACRÉ NOM DE...

HOP! SUIVEZ-MOI!
GNiiii!
SANS BRUIT! ...
GAFF' OÙ VOUS METTEZ LES PIEDS...
...ET SURTOUT PENSEZ BIEN À BAISSER LA...
BINK!
TÊÊÊTE!
OUILLOUILLE
BOBO!
AYAÏE
...VOICI MON OEUVRE:
LE SUMERBÜL!
VOUS AVEZ DEVANT VOUS LE FRUIT D'UN DUR LABEUR!... VOUS POUVEZ APPROCHER... ALLEZ-Y, TOUCHEZ...
À PRÉSENT, SI VOUS VOULEZ BIEN VOUS DONNER LA PEINE DE MONTER À BORD...
VENEZ CHÈRE AMIE, VENEZ QUE JE VOUS INITIE AUX MYSTÈRES DE MON HUMBLE VAISSEAU...
GNÉ GNÉ GNÉ...
GENTE DAME!...
HU! HU! EXQUISE!

PERMETTEZ QUE JE FASSE MON LAÏUS...
BHROU!... RHEU... AHEM!
CHERS PASSAGERS... BIENVENUE À BORD! LA TEMPÉRATURE EST DE 15°C... TEMPS CALME...
MAZETTE! QUEL TRUC!...
DEVANT VOS MINES JUBILATOIRES, JE CROIS QU'UN PEU DE CULTURE VOUS COMBLERA! LE SUMERBÜL, COMME SON NOM L'INDIQUE, EST UN SUBMERSIBLE PERMETTANT PAR SON ENTIÈRE AUTONOMIE UNE PLONGÉE ET UNE REMONTÉE GRÂCE À CECI...
...L'ÉCHANGEUR! UN SYSTÈME SIMPLE DE DISTRIBUTION DES CHARGES AGISSANT SUR LA POULIE D'ENTRAÎNEMENT DU CÂBLE...
SIMPLE! N'EST-IL PAS? EN FAIT, J'AI SIMPLIFIÉ!
ICI, JE CONTRÔLE LA CONDENSATION AINSI QUE LA TEMPÉRATURE!
PARFAIT!...
LÀ, C'EST LE DÉBIT D'AIR! AIR SAIN ET VIVIFIANT...
IM-PEC-CABLE!
LES VÉRIFICATIONS DE FONCTIONNEMENT ÉTANT FAITES ET MON LAÏUS TERMINÉ, NOUS ALLONS POUVOIR APPAREILLER!...
SI VOUS VOULEZ BIEN ÉTEINDRE VOS CIGARETTES, ET VOUS ACCROCHER!
HU! HU! JE PLAISANTE!
EN VOITÛÛRE!

DÉSOLÉ DE VOUS ARRACHER À VOTRE BÉATE ADMIRATION, MAIS IL ME FAUT ÉTEINDRE !...
... CAR NOUS APPROCHONS DU NID D'ILDA...
ILDA?!
25.

iLDA EST UN GROS VER MARIN. CERTES iNOFFENSiF MAiS QUI AFFECTIONNE TOUT PARTiCULIÈREMENT LES ÉTREINTES AVEC LE SUMERBÜL...
TiENS! QUI QUE V'LA'?! ALORS POULETTE, ÇA GAZE?!
DÉSOLÉ MON COEUR, PAS AUJOURD'HUI!
Y'A DU MONDE!
HEUREUSEMENT, CE NIGAUD D'ANIMAL EST AUSSI MYOPE QUE MOI!...
BON! ACCROCHEZ-VOUS, LE SAS EST EN VUE!
CLANG
CiAO BABY!

REGARDES, IGGUK ! C'EST FAN-TAS-TI-QUE ! CES DEUX SENTINELLES REPRÉSENTENT LES HULDRES DES ORIGINES !... VOICI TES AÏEULS, IGGUK !...
BEURK !..
C'EST PAS SI LOIN DE LA RÉALITÉ ! BIEN QUE LES ANCIENS AIENT L'AIR PLUS FINS !
Y'VA S'EN PRENDRE UNE ! C'TE RACLURE DE CAMPAGNOLE !
PEUH ! IL FAUT TROUVER MIEUX L'AMI ! J'TE METS AU DÉFI DE L'OUVRIR !...
AH OUAIS !
ASSEZ, VOUS DEUX ! ÇA NE SERAIT QU'ANNONCER NOTRE INTRUSION ! DE PLUS LES GONDS NE DOIVENT PAS VRAIMENT SONNER COMME DES TROMPETTES !...
TOUTE FORTERESSE A SON POINT FAIBLE MA MIE !... CELLE-CI A ÉTÉ CONÇUE PAR DES GÉANTS POUR DES GÉANTS !...
EH BIEN, NOUS POUSSIÈRE, EMPRUNTERONS LES INTERSTICES !
MES GRIFFES Y SONT POUR BEAUCOUP !
KLANG
GNN... SALETÉ D'PORTE !
BON ! LA VOIE EST LIBRE !...

VOOIILÀ!...
CRIII
BON! L'ENDROIT M'A L'AIR DÉSERT ...MAIS RESTONS SUR NOS GARDES, MES AMIS...
LES ESPIONS VEILLENT DANS L'OMBRE. HU! HU!
VOICI LE PLUS GRAND BAZAR DU MONDE : BIJOUX, PIERRERIES, MENUES MONNAIES, ARMURES ET ARMES À PROFUSION...
UNE MÈRE TRUIE NE RETROUVERAIT PAS SA PROGÉNITURE DANS PAREIL BOURBIER!...
M'MM...
IGGUK, NE TRAÎNE PAS... ET SURTOUT N'OUBLIE PAS... NE PRENDRE AUCUN OBJET, FÛT-CE LA PLUS PETITE PIÈCE!
28

C'EST PAS VRAI ÇA !... L'ENDROIT EST INFESTÉ !... IN-FES-TÉ !... ÇA FAIT UN BON MOMENT QUE CETTE CHAUVE-SOURIS NOUS SUIT !... RAS-L'BONNET DES CHAUVES-SOURIS !...
UNE CHAUVE-SOURIS ?!... NOM D'UN TERRIER PUANT !!... NOUS SOMMES FAITS !...
CETTE SATANÉE BESTIOLE EST PARTIE PRÉVENIR SON BOSS...
IIIKKK..
DÉPÊCHONS-NOUS DE TROUVER VOTRE TRUC ET FICHONS L'CAMP !...
AÏE ! AÏE !... TROP TARD POUR LE STOPPER ! NOTRE ÉQUIPÉE EST FINIE !...
29

...MAIS QUE CHERCHEZ-VOUS ICI-BAS, À LA FIN?

CELUI QUI SAIT!...
EUH?.. QUI SAIT QUOI?
PARCE QUE MOI J'EN SAIS DES CHOSES, SI VOUS VOULEZ...
MÉTA-PHYSIQUE?
NON!
CHIMIE? PÉTROCHIMIE?
NON!
CHAOS? BIG BANG?
NON! NON!
CONSTIPATION?... VÉROLE?... ULCÈRE?...
NON, NON! RIEN DE TOUT CELA!
CE QUE NOUS CHERCHONS N'A RIEN À VOIR AVEC LA SCIENCE!...NOUS CHERCHONS UN REMÈDE À NOTRE MONDE AGONISANT!
POURTANT RIEN NE M'EST INCONNU!
LÀ, JE NE VOIS PAS OÙ MÈNENT CES CIRCONLOCUTIONS!...
QUE PEUT-IL Y AVOIR ICI QUI POURRAIT FAIRE L'AFFAIRE? ...UNE POIGNÉE DE DIAMANTS JETÉE À LA FACE DE VOS CHIMÈRES?
MESSIRE DON QUICHOTTE, VOTRE MONSTRE M'A L'AIR AUSSI CLAQUEMURÉ QUE FUTIL!
PAR CONTRE, J'EN CONNAIS UN QUI L'EST MOINS ET GAGEONS QUE NOTRE PRÉSENCE SERA UN REMÈDE
...UN REMÈDE IDÉAL À SON ENNUI!...

ODYMUS?...
ODYMUS, VAUDRAIT PEUT-ÊTRE NE PAS TROP TRAINER ICI! ...ALLEZ ARRÊTE TES CONNERIES!
ODYM...
SNAP!
RICHE... AH! AH!... RICHE...
QU'EST-CE QUI LUI PREND? IL A PÉTÉ UN PLOMB OU QUOI?...VOUS AVEZ VU, COR...
LIVRES... BEAUCOUP... LIVRES...
CORNÉLIA? NON, VOUS AUSSI?... MERDE!
CORNÉLIA?
AH! AH! AH! DES LIVRES DE MAGIE! À MOI! ...À MOI LA CONNAISSANCE!
FOUS!...ILS SONT FOUS!...FOUS À LIER! ...JE RÊVE... OUI... C'EST ÇA... UN AFFREUX RÊVE!...
TOUT CET OR!... À MOI, RIEN QU'À MOI!... RICHE!... JE-SUIS-RICHE!!
ODYMUS?...
32

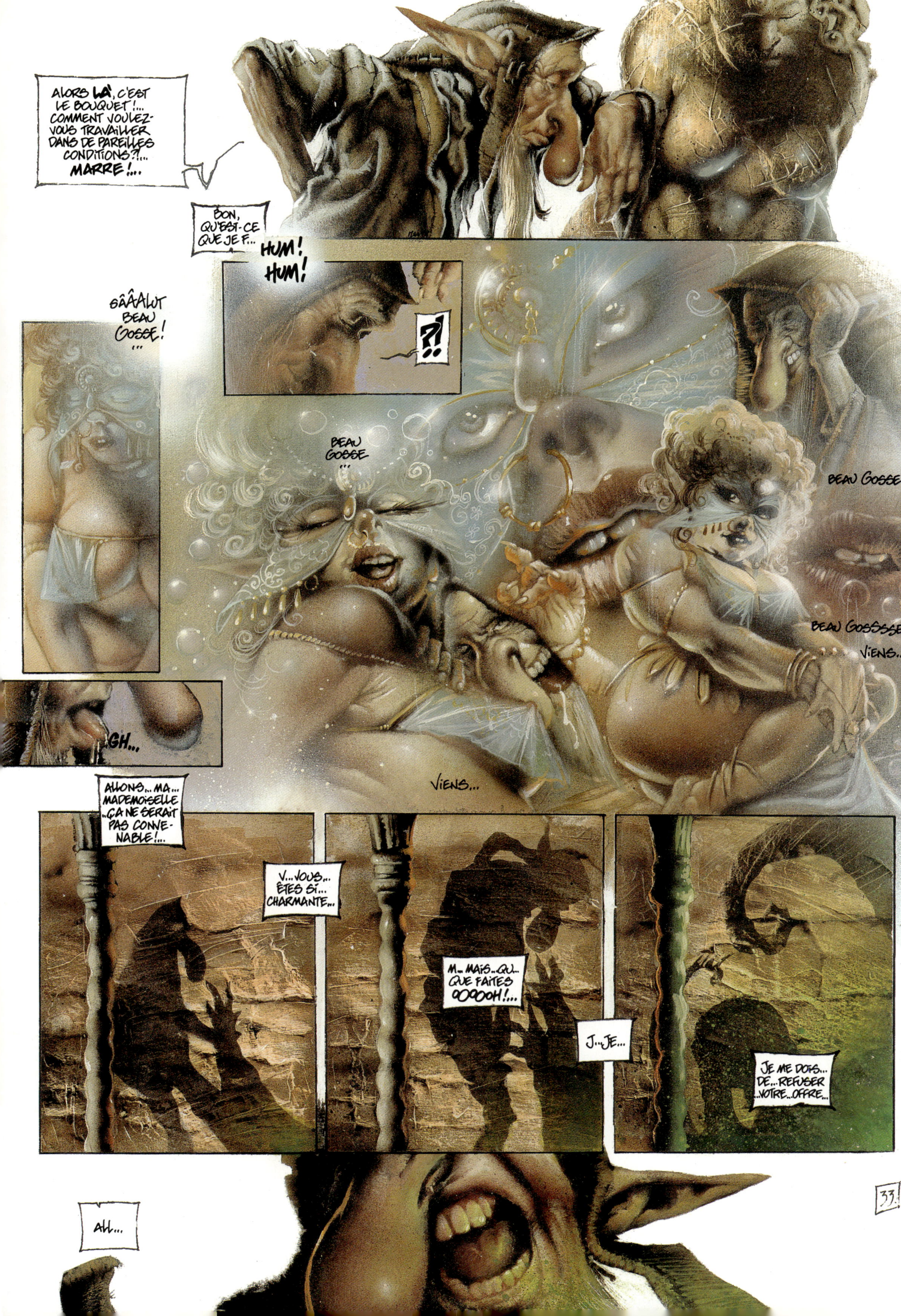

ALORS LÀ, C'EST LE BOUQUET !... COMMENT VOULEZ-VOUS TRAVAILLER DANS DE PAREILLES CONDITIONS ?!... MARRE !...
BON, QU'EST-CE QUE JE F...
HUM ! HUM !
?!!
SÂÂÂLUT BEAU GOSSE !...
BEAU GOSSE...
BEAU GOSSE...
BEAU GOSSSSEE...
VIENS...
GH...
VIENS...
ALLONS... MA... MADEMOISELLE ...ÇA NE SERAIT PAS CONVE-NABLE !...
V...VOUS... ÊTES SI... CHARMANTE...
M... MAIS... QU... QUE FAITES OOOOOH !...
J...JE...
JE ME DOIS... DE... REFUSER ...VOTRE... OFFRE...
AH...

CH'EST QUOI CH'TRUCH?
BEUARGH! LÂCHE-MOI!.. CHALOPERICH! GH... GHAA!
PAS ÇA! PAS ÇAAAA! C'EST GLUANT!
GLUANT?...
CHPROUIIIIK!
ON S'TIRE D'LÀ!... VIENS ICI TOI!...
VOUS AUSSI LÂCHEZ-ÇA!...
MES LIVRES!
ON S'EN FOUT!... L'OR, LES LIVRES!... MERDE!... RÉVEILLEZ-VOUS, ON S'EST FAIT COUILLONNER! ...
NOON... C'EST PAS VRAI!... MON OR!... MON OR!
MÉCHANT MONSIEUR!
34

VOUS N'AVEZ RIEN REMARQUÉ? L'OR, LES LIVRES! CE NE SONT QUE DES LEURRES! TOUT, ICI, EST À LA HAUTEUR DE NOS ESPÉRANCES!...
RAPPELEZ-VOUS DE CE QU'A DIT LA REINE! LES FORGERONS ONT LAISSÉ UN GARDIEN UTILISANT LA SOMBRE MAGIE DES DWARFS!...
AINSI, POUR ACCÉDER À LA CONNAISSANCE, IL NOUS FAUT PROUVER NOTRE VALEUR ET LA SINCÉRITÉ DE NOS MOTIVATIONS...
CAR C'EST BIEN ÇA, ODYMUS, QUE NOUS SOMMES VENUS CHERCHER!...
BIEN!... IL COMMENCE À APPRENDRE!...
IL MANIE L'ILLUSION! SON ARME EST LA SÉDUCTION!... IL SÉDUIT POUR PERDRE CELUI QUI VIENT CHERCHER...
...LA CONNAISSANCE!...
QU...QUOI? QUI A PARLÉ?
35

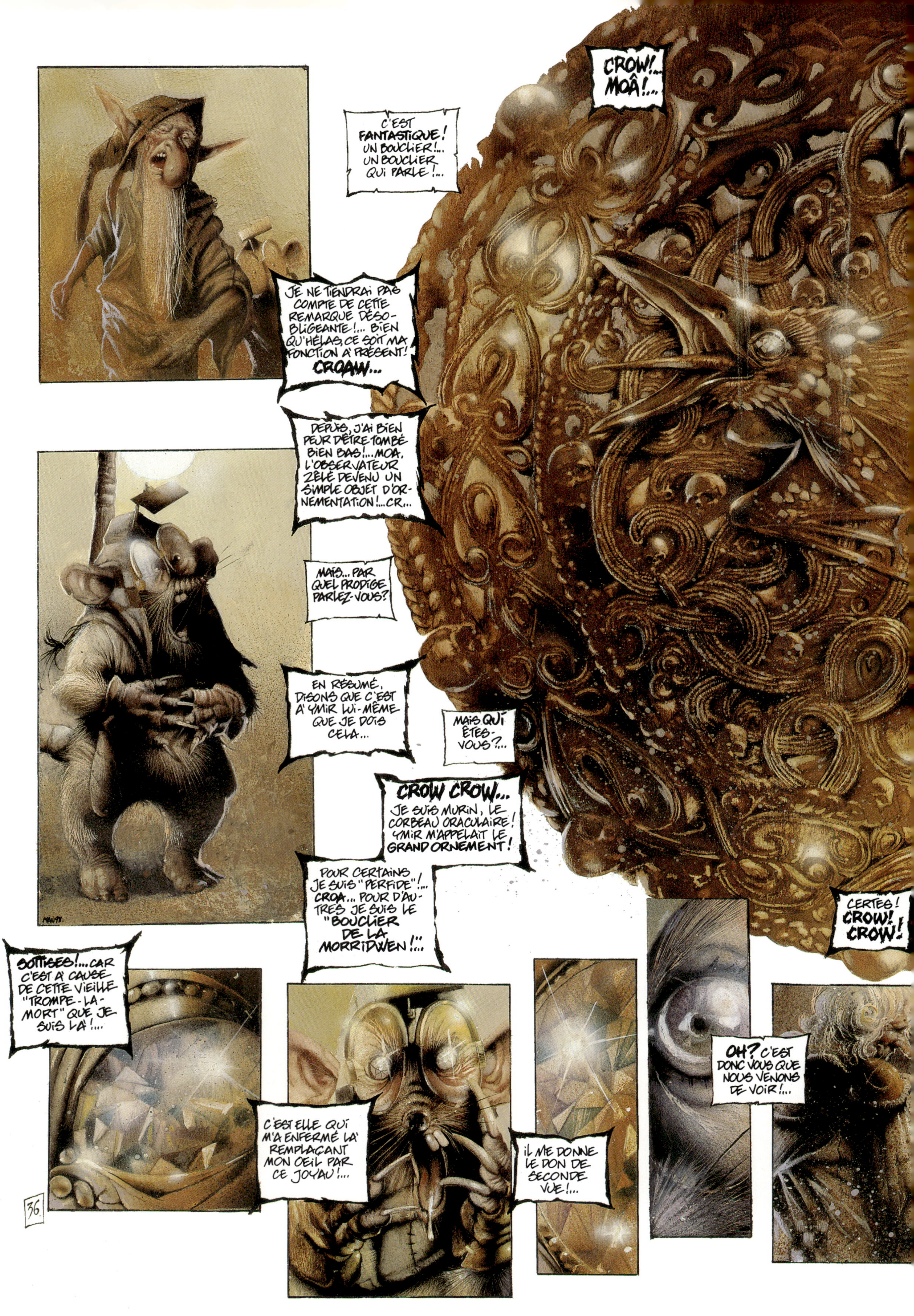
CROW!.. MOÂ!...
C'EST FANTASTIQUE! UN BOUCLIER!... UN BOUCLIER QUI PARLE!...
JE NE TIENDRAI PAS COMPTE DE CETTE REMARQUE DÉSOBLIGEANTE!... BIEN QU'HÉLAS CE SOIT MA FONCTION À PRÉSENT! CROAW...
DEPUIS, J'AI BIEN PEUR D'ÊTRE TOMBÉ BIEN BAS!... MOA, L'OBSERVATEUR ZÉLÉ DEVENU UN SIMPLE OBJET D'ORNEMENTATION!...CR...
MAIS... PAR QUEL PRODIGE PARLEZ-VOUS?
EN RÉSUMÉ, DISONS QUE C'EST À YMIR LUI-MÊME QUE JE DOIS CELA...
MAIS QUI ÊTES-VOUS?...
CROW CROW... JE SUIS MURIN, LE CORBEAU ORACULAIRE! YMIR M'APPELAIT LE GRAND ORNEMENT!
POUR CERTAINS JE SUIS "PERFIDE"!... CROA... POUR D'AUTRES JE SUIS LE "BOUCLIER DE LA MORRIDWEN"!...
CERTES! CROW! CROW!
SOTTISES!... CAR C'EST À CAUSE DE CETTE VIEILLE "TROMPE-LA-MORT" QUE JE SUIS LÀ!...
C'EST ELLE QUI M'A ENFERMÉ LÀ REMPLAÇANT MON OEIL PAR CE JOYAU!...
IL ME DONNE LE DON DE SECONDE VUE!...
OH? C'EST DONC VOUS QUE NOUS VENONS DE VOIR!...

ALORS, C'EST SANS ESPOIR !...
CRÔ ! POUR CELUI QUI RENONCE... OUI !...
MAIS VOUS AVEZ DIT QU'IL FAIT FI DU TEMPS ET DE L'ESPACE !... COMMENT DÉJOUER QUELQU'UN QUI NE POSSÈDE AUCUNE ENTRAVE !?...
IL SE DÉPLACE SUIVANT SES HUMEURS. AINSI, SI VOUS RÉUSSISSIEZ À LE DÉJOUER, IL LUI SUFFIRAIT DE REMONTER LE TEMPS, DE FAÇONNER À NOUVEAU L'ESPACE ET TUER L'OEUF DANS LE NID !... CRÔ ! CRÔ !...
SON OMNIPRÉSENCE, C'EST SA FAILLE ! SES ACTIONS NE SUIVENT AUCUN SCHÉMA RÉGULATEUR !
UN DÉMON !... DÉJÀ DANS LE PASSÉ, YMIR ET LES AUTRES DIEUX COMBATTAIENT CETTE RACE D'ENVAHISSEURS VENUE DES MERS !... IL S'AGIT D'UN REDOUTABLE ADVERSAIRE CAR, NI LE TEMPS, NI L'ESPACE N'ENTRAVENT SES DESSEINS !...
MAIS QUI EST-IL ?...
REMÈDE ! JE SAIS... CRÔ... SACHEZ QUE LA CHUTE DE VOTRE MONDE N'EST PAS UN HASARD !... LE RESPONSABLE DE VOS MALHEURS EST BIEN TROP PUISSANT !...
EH BIEN, NOUS VENONS CHERCHER UN...
LE TEMPS S'ÉCOULE ET SE DISPERSE !... IL LUI FAUT UN POINT D'ATTACHE POUR SE RÉFUGIER CHAQUE FOIS QUE LE TEMPS DÉJOUE SON ACTION !
ODYMUS !... QU'EST-CE QUE TU FABRIQUES ? RESTE ICI...
TROUVEZ CETTE ÉPOQUE ET VOUS LE TROUVEREZ IMPUISSANT ET DÉSARMÉ !... LÀ, IL VOUS SERA AISÉ DE LUI REPRENDRE L'OBJET DE VOTRE QUÊTE... CRÔ !

JE NE FERAIS PAS ÇA À TA PLACE, PETIT RAT!...
MON OEIL?!... C'EST BIEN ÇA QUI T'INTÉRESSE?!...
ODYMUS?!... ARRÊTE DES CONNERIES!... LE CORBEAU... C'EST NOTRE SEUL ESPOIR...
IL N'ENTEND PAS! IL EST COMME HYPNOTISÉ PAR...
CRÔ! À CAUSE DE TOI, TES AMIS NE SERONT PAS PLUS AVANCÉS!... ET TU OUBLIES LE GARDIEN!...
JE CROIS QUE J'AI UNE IDÉE!... BOUCHEZ-VOUS LES OREILLES!...
HÉ!
RACLURE DE RONGEUR!... TU M'ENTENDS?
CAMPAGNOLE BIGLEUX!! TU RÉPONDS QUOI À ÇA?
MAIS... MAIS C'EST QU'Y VA L'FAIRE C'TE SALE MAR-SUPIAL FOUINARD!?
ODYMUS! MILLE LUTINS!
NI...AARGG...
38

KRÔÂAAA
DE L'OR!
LA BELLE PLUME!
MALHEUREUX! J'ÉTAIS LE PILIER DE CETTE SALLE... CRÔ...
NON!... LÂCHE-ÇA! CRÔ.
JE L'AI... JE L'AI...
LÂCHE-LE ODYMUS...
JE...
LÂAAAIIIII
SBAAAAA!!

KÔF!
TOUSS...
TOUSS...
KÔF!
AAARKK
GNH... LE D... D...
WIIIIHHSSSSS
TCHII...ÂG!
GNIAAARR MA QUEEUUE!
PI...PITIIÉÉE! C'ÉTAIT POUR RIRE!...
JE SAIS QUE CE QUE J'AI FAIT EST MAL ...
LA PLUME!... TENEZ... JE... JE VOUS LA RENDS!... HEIN?!
40.

TOUCHE-LE ENCORE, ESPÈCE DE CONNARD!... J'TE CRÈVE! ...
HÉ?!
CROTCH!
CORNÉLIA! NOON!
GENTE DAAAME...
CORNÉLIIAAA... OOOOHH... ESPÈCE DE SALOPARD!
ESPÈCE DE SAL... ?!
J... UNE ÉPÉE?...
AU POINT OÙ ON EN EST!...
41

BROOM!
HÉ! GOLIATH! FAUDRAIT PAS M'OUBLIER!
HAN! ÇA, C'EST POUR CORNÉLIA...
FOOOCH
KOF! TOUSS! QU'EST-CE QUI SE PASSE ENCORE !?
MERDE! KOF... KOF... QUELLE HORREUR!...
MILLE LUTINS! BARRONS NOUS!!
42

BROOOOOOOMMMM
ON VA SE FAIRE TRUCIDER SI ON RESTE LÀ !... VOUS ÊTES DES CHAMPIONS DE LA CONNERIE !...
JE VOUS SOUTIENDRAI, GENTE DAME !... AU PÉRIL DE MA VIE !...
LA FERME ! SALE PETIT HYPOCRITE !...
MON OR ! MON OR ! J'T'EN FOUTRAI ! SANS LE CORBEAU NOUS SOMMES FICHUS !...
LES DWARFS !? ILS NOUS SUIVENT TOUJOURS !...
SANS BLAGUE !... ILS NOUS FONT JUSTE UN PAS DE CONDUITE !
¡GGUK ! ASSEZ !
J'POUVAIS PAS SAVOIR QU'ILS SE MULTIPLIERAIENT COMME DES PETITS...
...PAINS...
SPROUITCH
BEUARK ! C'ÉTAIT QUOI ÇA ?

ON VA FINIR EN GALETTE!
UNE SEULE SOLUTION: SAUTER!
S... SAU... SAUTER? MAIS OÙ?
DANS L'TROU!
MAMAAAN!
AAAH!

KRÔ!
BROOMMOOMMM
KRÔÔÔ...
KRÔÔÔ

ODYMUS GALIMÈDE!... TOUT ÇA, C'EST DE TA FAUTE!...
HÉLAS!...
TROIS FOIS HÉLAS!...
C'ÉTAIT PLUS FORT QUE MOI!...
KRÔA
PARDON!... PARDON, GENTE DAME!...
GENTE DAME?...